푸른사상
시선

76

너를 놓치다

정 일 관 시집

 푸른사상
PRUNSASANG

푸른사상 시선 76

너를 놓치다

인쇄 · 2017년 6월 5일 | 발행 · 2017년 6월 10일

지은이 · 정일관
펴낸이 · 한봉숙
펴낸곳 · 푸른사상사
주간 · 맹문재 | 편집 · 지순이, 홍은표 | 교정 · 김수란

등록 · 1999년 7월 8일 제2-2876호
주소 · 경기도 파주시 회동길 337-16(서패동 470-6)
대표전화 · 031) 955-9111(2) | 팩시밀리 · 031) 955-9114
이메일 · prun21c@hanmail.net
홈페이지 · http://www.prun21c.com

ⓒ 정일관, 2017

ISBN 979-11-308-1196-3 04810
ISBN 978-89-5640-765-4 04810 (세트)

값 8,800원

너를 놓치다

철쭉 피어 있는 화단 막돌 위에
날렵하게 도사리고 있는 도마뱀, 날 보고도 의젓한 도마뱀,
초록 잎사귀 한 닢 같은 청개구리의 야무진 울음소리,
흐르는 시냇물 잔돌에 부딪치는 물결,
어디로 불어갈지 모르는 바람, 바람에 흔들리는 모과나무,
참새 떼들이 자지러지고, 물드는 하늘과 저 태연한 구름,
들판을 가로지르는 하얀 길, 고요히 퍼져가는 억새꽃,
차오르는 달빛에 뒤척이는 잎사귀들.

세월이 가면 보이지 않던 것들과
보이던 것들이 문득 자리를 바꾼다.

삶의 오솔길에서
내 심장 뛰게 하는 것들, 살아 있는 것들.
세월이 가면, 세월 따라 나도 가면.

16년 만에 시집을 낸다.
드넓은 적중 들판을 바라보며 숨 한 번 크게 몰아쉬었다.

2017년 봄날에
정일관

| 차례 |

■ 시인의 말

제1부

제2부

제3부

제4부

| 차례 |

제5부

제1부

목련

바람이 불기 전에 그대는
아무래도 견디지 못하겠지.
애도 쓰지 않고 그만 무너져 내리겠지

봄이 왔지만 짧게, 아주 짧게
피어날 때부터 떨어질 날을 먼저 헤아리겠지.
크고 확신에 찬 꽃송이들, 흰 꽃들
고상하고 여린 손등으로 문을 열 때,
미련 없이 떨어지겠지.
구겨진 휴지같이 손아귀를 풀겠지.

이제는 힘 내지 마시길,
더 이상 아름답게 참지 마시길.

잘 가라, 누렇게 시든 이별들.
한꺼번에 허물고 떠날 때
뒤돌아볼 것 없이 가뿐하겠지.
예쁘게 보이지 않을 때
바람이 불어와도 안심하겠지.

산책

왜 나는
혼자 있을 때 사랑이 넘쳐나는지
지는 햇살에 흔들리는 나뭇잎들이
말해주지 않는다.

왜 이렇게 혼자 산책할 때
몸매를 드러내는 오솔길 따라
그리움 깊은 그늘에 잠겨들 때에야
나에게 따뜻한 신념이 피어나는지
등을 기대어 서도 나무 등걸은
따로 말해주지 않는다.

말해다오.
나에게 길을 보여다오.
지나간 후회와 탄식의 자락들은
바람에 펄럭이는데,
만남은 어찌하여 그토록
자주 길을 잃게 하는지.

왜 헤어지고 난 뒤에야
내게 자비가 넘쳐나는지.

말해다오.
나무야, 시냇물아.
저 허공을 가르며 나는 새들아.

해봐라, 사랑

잘 안 된다, 아름다운 사랑
나를 지우고 고요히 비워가기
오래 참고 온유하며 성내지 않기

해봐라, 사랑
그득그득 채우려 하고
무진무장 끌어당기려
얼마나 가슴 떨리며 성이 나는지

해봐라, 사랑
잘 될 줄 아느냐
말처럼 생각처럼 잘 되는 줄 아느냐
당신을 향해 뜨거워지는 순간
세상의 모든 감각들이
올올이 살아나는 순간
비울 수 없다.
지울 수 없다.

사랑은 오직

우기 아니면 건기.

온통 젖거나 바싹 마르거나.

해봐라, 사랑.

진짜 해봐라, 사랑.

해바라기

황매산 농부 집에서
가져온 해바라기 씨.
단단하고 통통한 해의 마음들을
집 마당에 심었더니
키를 쭉쭉 키워 자라났다.

마치 해에게 다가가려는 듯,
의심 하나 하지 않고
거침없이 뻗어 올라간
저 열망의 높이들.

해바라기는 해만 쳐다보고
나는 해바라기만 쳐다보고,
내게 눈길마저 거두려는 그대에게
나는 물끄러미 젖어들었다.

저 가을, 해는 여전히 빛나건만
해바라기는 문득 목을 구부려

시든 눈빛으로 땅을 굽어본다.
그럴 때 해바라기는 남루하지만
씨앗의 눈물들 단단하게 박혀서
제각기 해 하나씩을 배열하고 있다.

내가 심어놓고서
정작 자라난 것은 나였다.

등

안는다는 것,

끌어안는다는 것,

내 팔이 그대의 등을,

잘 비추어주지 않던 등을,

등의 도톰한 근육과

하늘로 오르는 사다리같이

층층이 이어지는 척추 뼈,

때로 쓸쓸히 웅크리는 데 주로 쓰였던,

당신의 등을 끌어안는다는 것,

그대의 두 팔이 세월을 타고

절벽처럼 깎아지른 내 등을,

등뼈를 따라 삐걱거리며 내려와

빈약한 엉덩이와 다리로 이어지는

먼 순례의 굽은 길을 껴안는다는 것,

손가락을 한껏 펴서 흔적 없이

체온의 흔적을 남긴다는 것,

내 볼이 그대 뺨에 닿고,

내 가슴이 그대 심장에 닿고,

내 출렁이는 핏줄이
섬에 가닿는다는 것,
안는다는 것 끌어안는다는 것,
그대와 내가 두 팔로
둥글어진다는 것,
바람의 세월,
노을의 두근거림과
별빛의 위로를
등에 새기는 것.
뜨겁게 새기는 것.

이면의 기다림

매화꽃을 만난 건 열흘쯤이었을까.
푸른 밤중에, 때로 달빛 푸근할 때
가까이 다가가 저랑 나랑 향기로 하나 되는 일,
일내고 나서 꽃잎 떨어지는 일이
한 열흘 정도였을까.

그리고 초록빛 매실이 매달리는 일,
가시 사이로 조심히 거두어들이는 일,
잎 지면 회초리같이 앙상한 가지만 남고
이제 정말 아무것도 없이 소한 추위만
매화나무 속살을 파고드는 일.

꽃 필 날 언제일까.
무연히 마당의 매화 바라보면
매화꽃 봄밤에 툭툭 터지는 열흘쯤 말고
나머지 355일은 매화 기다리는 일,
기다리고만 있는 일이 진짜 일이다.

355일이 없으면 열흘도 없다고,

수많은 날을 지나서 만난 그대여,

하루를 보기 위해 그 많은 날을 기다렸다네.

짧은 만남 뒤에는 긴 기다림이 기다리고 있다네.

추운 칼바람 견디고서야 향기 한 줄 얻으니,

만남의 이면, 저 달빛의 이면, 저 웃음의 이면,

저 향기의, 저 빛깔의, 저 미모의 이면,

저 무미한, 저 적막한, 저 느려터진, 저 눈물 밴,

이면의 기다림 거느리고서 오늘,

그대를 만나는 일이 향기롭구나.

팔만대장경

서산 천수만 가창오리 떼들은,
아무튼 무량 무수한 가창오리 떼는
새까맣게 무리지어 흐른다.

흐른다고 말할 수밖에 없다.
하늘에 강물 줄기를 만들기도 하고,
물결을 지어 마구 출렁이게 한다.
커다란 검은 구름이며,
한 덩어리 회오리바람으로
무량 무수한 가창오리 떼는
저무는 노을빛 하늘에
까만 활자들을 촘촘히 새기는데,
아, 저것이
팔만대장경이 아니고 무엇이랴.

흐르고 출렁이며 춤추고 휘몰아치는
저 마음을 어찌 다 잡을 수 있을까.
저 경전을 어떻게 다 읽을 수 있을까.

단 한 줄의 경전도 읽기 전에
무량 무수한 가창오리 떼는
글자를 털어내듯 어둠 속에 스몄네.
하늘에 고요만이 가득 찼네.

그대여, 당신도 그토록 수많았으나
나의 팔만대장경이었으나
무정형으로 흐느끼는 문장을 읽기도 전에
노을처럼 사라지고 없었네.
저무는 하늘만 홀로 남았네.

너를 놓치다

그 시를 놓쳤습니다.

오래되고 까만 가지를 차고
벚꽃 몇 송이 날리며 날아간 새처럼
허공의 숨결을 타고 빠져나간 새처럼.
나는 한 번도 새를 잡지 못했습니다.
새총 들고 나무 아래 기어들어가
얼마나 새를 잡아보고 싶었는지요.

따뜻한 온기를 품고 있는 새의 심장.
꼭 쥘 수도 가볍게 쥘 수도 없는
슬프도록 절묘한 손아귀에
두근거리는 새를 잡아보고 싶었습니다.

그 시를 놓쳤습니다.

꽃송이와 꽃송이의 배경인
하늘을 담고 흐르는 시냇물처럼

만나자마자 늘 헤어짐의 꽃잎을 띄웠습니다.

햇살이 박차 오를 때,

그 눈부심 속에 시를 놓쳤습니다.

시를 흘려보냈습니다.

시냇물을 움켜쥘 수 없어서.

햇살과 허공을 잡을 수 없어서.

그러나 사실 놓친 것은 너입니다.

새의 심장처럼, 시냇물처럼, 햇살처럼,

바람 지나가는 허공처럼

나는 너를 움켜쥘 수 없었습니다.

봄날, 너를 놓쳤습니다.

먼 곳

핸드폰이나 티브이를 볼 때
자주 먼 곳을 바라보라고 한다.
눈이 나빠지지 않으려면
가까운, 작은, 세밀한, 손바닥만 한
이 지독한 근접을 벗어나
멀리 먼 곳을 보라고 권유한다.
이 의학적 권유는 삶의 지침.
먼 곳 너머 그 너머에는
산등성이가 굽이지고
하늘 구름이 흐르고
나무와 숲의 언저리가 있다.
바람이 불어오는 들판의 끝으로 가자.
까마득히 새들은 날아가는데
가닿을 수 없는 곳으로 눈을 두어야
조리개가 균형을 잡는다는 것.
사람도 사람의 먼 곳을 봐야겠지.
가까운 것만 보면 보이지 않아
눈앞에 가려져서 그저 놓치고 사는

그 먼 곳을 보아야 제대로 보이지.
먼, 그대의 먼 곳
멀어서 가물거리는 희미한 빛이지만
멀어지고 나서야 비로소 보이는
저, 사람의 빛.

사이

소낙비 주룩주룩 마른 땅이 젖었다.

해가 나자 젖은 땅이 다시 마른다.

그 사이에
꽃이 터지고 새가 날았다.

그 사이는 말이 아니었으므로
그 사이는 반짝,
빛나는 슬픔일지 모르므로

그 사이에
나는 복도를 걸어가고
훌쩍, 낭떠러지를 건너뛰기도 하고
그 사이에 나는 밑줄을 긋고
슬쩍, 당신의 어깨를 건드리기도 하고.

그 사이에

파도는 치고
눈은 마주치고

나무와 햇빛 사이
물과 언덕 사이
바위와 시계 사이

꽃 피고 출렁이는
세상의 모든 사이

비 내리고 해 나오는
아찔한 그 사이.

깜짝 놀라게 하는

산수유가 떨어지건

도토리나 모과가 떨어지건

깜짝 놀라지 않은 적 없다.

지붕에 떨어지건

풀숲에 떨어지건

한 번도 놀라지 않은 적 없다.

그만큼 우렁찼던 것이다.

그만큼 간절했던 것이다.

아하, 그래 그렇구나.

산수유는 떨어지는 게 아니다.

도토리도 모과도

결코 떨어지는 게 아니다.

나무가 내던지는 것이다.

가지를 힘껏 뻗어 내던지는 것이다.

그래서 나무 전체가,

나무의 일심이 뛰어내리는 것이다.

익은 시간과 가을을 품고

하늘에서 땅까지 아득한 깊이로

아주 순식간을 내리는 것이다.

산수유든 도토리든 모과든

깜짝 놀라게 하는

그들의 낙과는.

가시나무

한동안 가지 않는 길이나
방심하고 내버려둔 묵정밭에
붉은 가시나무들 우거졌네.

한 판 뒤집어엎지 않고서는
어둡게 자라기 마련이고
마냥 벼르고 있다간
세월의 뿌리 깊어질까 봐
오늘 낫 한 자루 들고
가시나무 앞에 서는데,
그도 나를 알아본 듯
자신을 뾰족이 세운다.

철조망 걷어내듯
아래 줄기를 쳐내자
잘린 가시나무 넘어지다가
손등을 아프게 찌른다.

화들짝 놀라 낫을 놓았다.

아하!
가시나무도 가만있지 않는구나.
그도 최선을 다하여
붉은 가시 벼르고 있었구나.

다만 쳐내기만 할 게 아니라
반성해야 하는 것이라고
세상은 가시를 남겨두었구나.

금방 져버릴

아무도 거들떠보지 않는 것,
봄비를 빨아들이며 벚꽃이 발갛게
달아오르는 것이 귀하다.
세상의 북쪽 그늘에 근근이 햇살 받아서
해마다 꽃을 피우는 늙은, 벗, 벚나무.
잘라버릴까, 검고 거칠게 패인,
폐인 같은 둥치 잘라서 훤한 공간을 만들까.
나는 벗, 나무에게 물었다.
북쪽 그늘은 아무도 보아주지 않는데,
익숙해서 어느덧 배경이 되어버렸는데,
알아주지 않으면 그만 잘라버릴까.
전기톱을 만지작거리며
오래된 세월과 단절할까.
단절하면 단정해질까.
올해도 봄비에 흠뻑 젖으며 젊은,
아니 어린 꽃을 피우겠지.
금방 져버릴,
그래 금방 패배해버릴,
그래서 아주 귀한.

제2부

경례

네모난 강당에서
천장 높은 체육관에서
모두가 일어나 한 곳을 바라보며
국기에 대하여 경례를 할 때,
나는 흘러내릴 듯 처져 있는 청홍 팔괘에서
슬그머니 고개를 돌려 창밖으로 간다.

찬연히 쏟아져 들어오는 햇살에 대하여 경례.
저 파란 하늘과 둥근 구름을 향하여 경례.
살구나무와 배롱나무에게 충성.
나무 사이를 날아오르는 새들에게 단결.

멀리 아늑하게 흐르는 산줄기와
천천히 감고 돌아가는 강물,
논두렁 밭고랑 닮은 주름과
검은 세월이 내려앉은 얼굴,
세상의 아버지와 어머니들께
경례.

덜컹거리는

봄은 기울어져 있어서
절로 바람이 부는 게 하루 일이다.
나무의 겨드랑이를 파고들어
흔들어줄게 그래야
물이 오르거든.

나무와 나무 사이는
바람이 지나는 거리.
봄은 덜컹거리는 창문.
나무의 내부에 들어와 펌프질한다.
바람이 나무를 흔드는 건,
물의 근육을 잡아 추어올리는 일.

흔들어야 해.
흔들려야 해.

봄은 덜컹거리는 창문.
말발굽처럼 황사는 달려오고

눈물마저 메마른 봄에
꽃과 나뭇잎은
바람과 나무의 공모.

물기를 놓아버린 마른 꽃.
떠난 듯 멈추어버린 기억들과
잡동사니의 핏줄들에도
물이 오른다. 봄아.

마늘을 심으며

고추 거두고 난 밭 자리
햇살 화창한 가을날 마늘을 심자.

평평하게 잘 고른 밭에다
꼬챙이로 푹 찔러
땅속에 깜깜한 어둠 만들어놓고
마늘을 밀어 넣은 뒤
햇살을 덮자.

사는 건 어둠을 품는 것.
품어둔 어둠만큼 밝음이 자라는 것.

섣불리 들어오는 햇살에
이목을 온전히 닫아걸지 못하면
봄이 와도 사리같이 반짝이는
매운 알맹이 하나,
환한 얼굴로 만날 수 없음을.

햇살 화창한 가을날
한 쪽 심어 육 쪽 되는
마늘을 심자.
노을로 덮어두자.
굽어지는 먼 길,
어둠 깊은 산그늘,
흙의 빗장이 열릴 때까지.

어제 내린 비

어제 내린 비의
값어치, 55억 원.

어제 몸 풀려 내린 비
어제 춤추며 내린 비
어제 참을 수 없어 내린 비
어제 강물에 내려
어제 바다로 간 비
어제 아스팔트 위에
어제 벤치 위에 내린 비
어제 후루루 나뭇잎 천만 장을 흔든 비
어제 노숙자 어깨 위에
어제 길고양이 둥글게 웅크린 처마 위에
어제 버린 유기견 젖은 털 위에
어제 이어진 거리를 모두 적시려고
어제 정말 내리고 싶어 내린 비
어제 메마른 가슴에 내려

어제 젖으며 다시 꽃피어나는
봄비의 값어치가 55억 원.

도토리

상수리나무 아래서 시를 읽는데,
백무산 시를 읽는데,
도토리 하나 떨어진다.
지구를 때리는 씨알의 무게가
장엄하다.

잡념 하나 없이
단단한 몰입의 껍데기를 쓰고
오직 떨어지기만 하는
나무 전 생애의 유산.
햇빛과 바람과 물이 만든
그 모든 가장자리*

있는 힘을 다해 타전하며
지구의 응답을 기다리는
저 무조건의 투신.

시가 반짝이는 상수리나무 아래서
툭, 떨어지는 도토리 한 알에
온몸이 울린다.
만 년 전부터 흘렀던 물소리에
비로소 귀가 젖었다.

* 백무산의 시

다행이다

인간이 기계를 이겨서 무엇하나.
져야 인간인 거지.
그게 낭만인 거지.
질 수 있다는 것은
얼마나 다행한 일인가.
오직 이기려고 만들어진 기계에
무슨 패배가 있을까.
두근거림도 없고
손에 땀도 나지 않아
떨림과 설렘조차 없이
오직 승리하려고
조작된 지능에게
자운영이 피어날까.
맑은 개울이 흐를까.
박새의 발딱이는 심장도 없는
알파고에겐
에잇, 돌을 던져야지.

질 수 있어서
실패할 수 있어서
던져야 할 돌이 있어서
참 다행이다, 세돌아.

그냥

세수하고 나온 딸에게 말한다.
예쁘다고.
화장 안 한 얼굴이 훨씬.
아빠는, 하고 어이없다는 듯 웃지만
아니다. 그 눈썹, 그 입술, 그 피부가
있는 그대로 제일 예쁘다.
분을 바르는 건 감추기 위한 것
주름을, 피부색을, 피로함을.
감추어서 과장하기 위한 것.
네가 감출 것이 무엇이더냐.
화장을 예의라고 말하는
무례함에 기대지 마라.
아이라인도, 아이섀도도,
볼 터치도, 마스카라도,
너를 그냥 여자로 만들지 않는다.
립스틱도, 파운데이션도, 펜슬도
딸아, 너를 그냥 아름답게 만들지 않는다.
세수하고 나온 그 얼굴이

분가루와 색조를 지워버린 그 얼굴이

그냥 예쁜 얼굴이다.

여자는 긴 생머리를 잘라야

비로소 자신과 마주할 수 있는 것.

그냥, 그 얼굴이.

누구라도 그냥, 그냥, 그 얼굴이.

곱빼기

양이 질을 결정한다는
사회과학 이론이 있지.
양적 변화가 질적 변화를 수반한다고,
그래서 물을 100도까지 양을 올리면
수증기로 질적 변화를 일으킨다고.

큰비가 와서 그 비가 모이면
둑 안에 담긴 물이
둑을 무너뜨리는 물로 변하는 것처럼
세월이 쌓이면 내 인격도 달라지고
돈이 모이면 삶의 질도 고양되는 걸까.

양보다 질인가, 질보다 양인가.
자꾸만 회의한다. 고로 나는 존재한다.

오늘도 수타 중국관에서
양의 변화가 어떤 질적 변화를 가져오는가,
골똘히 생각하지만

배고픈 소크라테스는 배가 고파서
배부른 돼지는 돼지여서 동시에
짜장면 곱빼기를 끌어당긴다.

독립기념관에서

언덕배기 풀숲에서
꿩이 푸드득
날아올랐다.

사월 한낮이 문득 멈춘다.

이봉창 의사가 웃고 지나간다.

눈은 작고
입이 큰
사내.

그는 죽음을 앞에 두고
남김없이 하얗게 웃고 있다.

나도 그렇게
환할 수 있을까.

삶은 늘 두려운 질문이다.

이를 온통 드러내고
사월 꽃은 떨어진다.

양손에 들고 있는 폭탄이
비관주의도 깨뜨릴 것 같다.

처서 무렵

산의 남쪽과 북녘이 부딪친 것일까.
산을 넘어 이동하는 구름들은 불안하다.
불안하면 요란해진다. 다혈질들,
한밤중 야간 산행에
떼로 불러서 함께 가려나 보다.

애들아, 번개 구경하자.
아이들을 불러 창에 얼굴을 모았다.
옥수수 긴 잎으로 번갯불이 타 내리고
놀라서 떨어지는 어린 밤송이 너머
젖은 짐승 같은 산등성이 번뜩 밝아질 때,
산 얼굴은 주름과 굴곡으로 힘들어 보인다.

처서 무렵, 밀려나는 여름은 울고
처분당하기 싫어하는 만큼
산과 구름이 흔들린다.
그래도 어쩔 수 없다는 듯.
흔들려야 골라진다는 듯.

쏴아아, 빗줄기는 검은 숲을 때리고,

천둥소리 계속해서 가슴을 울리는데.

편안한 눈물

윤재철 시집 『썩은 시』를 읽다가
문득 국어 선생 정년하고
어찌 지내는지 궁금하여 전화했다.
얼마 전 구입한 스마트폰 너머로
스마트폰과 어울리지 않는 목소리가 나온다.
묵직하고 느린 충청도 사람의 말
발효된 듯이 구수하고 따뜻하다.

썩은 시 읽다가 생각나서 전화했다 하니
그런 거 뭐하려고 읽어, 하신다.
정년 하니 좋으시죠?
좋기도 하고 좀 서운하기도 하고.
요즘 지명에 대한 글을 쓰고 있어.
전부터 땅 이름에 관심이 많으셨죠.
재미있겠네요.
괜히 혼자 바쁘지 뭐.

전화를 끊고 다시 썩은 시를 읽는다.

— 시가 발효되면 술이 될까
술이 되어 사람들을 취하게 할 수 있을까

형과 함께 취해서
영광 법성포 넘어가던 산길의 기억이
둥근 파문처럼 퍼진다.

잘난 체하지 말고 살아.
말은 안 했지만
늘 느리고 묵직한 충청도 말투
결코 특별하지 않은
그 발효된 평범함에
문득 편안한 눈물이 났다.

바닥

세상 경기가 바닥을 친다.
더 이상 내려갈 곳이 없는 바닥은
이제 안심이다.

시장 바닥에서 좌판을 편다.
바닥은 낮은 사람들을 싣는다.

바닥에 떨어져야 공이 튀어 오른다.
바닥으로 엎어져도
바닥을 짚고 일어난다.

바닥에서, 아기가 기어 다닌다.
바닥에서, 생명은 몸을 세운다.

바닥만큼 단단한 수평이 있을까.
바닥의 힘이다.

제3부

길에서 길이

나비는 나비의 길을 간다.
구불구불 느리게 가는 길.
흰나비 한 쌍이 서로 어울려
만들어내는 현란한 허공의 곡선.

잠자리는 잠자리의 길을 간다.
날아가다 바람을 붙잡고
멈춤에서 멈춤으로 이어지는
겹눈들의 곡선.

직선이 곡선을 들이받는다.
잠자리와 나비들이 찢어져 뒹군다.

차의 속도가,
풍경을 제치고 나아가는 육중한 직선이
나비의 길 잠자리의 길을 들이받는다.

길에서 길이 죽는다.

락, 즐거운

들락날락
오르락내리락
오락가락
쥐락펴락
엎치락뒤치락
우락부락
꼼지락꼼지락
울그락불그락

보일락 말락 하는 말들
들릴락 말락 하는 말들
가장자리의 말들
모서리 말들
부스러기 말들
자빠져도 툭툭 털고 일어나는 말들
고이지 않는 말들
가만히 있지 못하는 말들

고분고분 길들여지지 않는 말들
출렁이는 말들
꽃 피고 가슴 울리면
와락 껴안는 말들
즐겁게 흔들리는 말들
즐겁게 즐거운
변방의 말들, 말들

모과

못생겨서 향기가 고운 것 맞다.
향기가 고와서 못생긴 것 맞다.

보잘것없을 때 한 소식 하는 것,
무명일 때 내공 쌓는 것 맞다.

낙엽 다 지고 주먹만 한 모과들,
경기에 진 권투 선수 얼굴같이
울퉁불퉁 매달려서
하늘을 배경으로
저 못생긴 것들, 것들.

아무렇게나 툭툭 떨어져
입술이 찢어지고 살이 터져도
어둑한 곳, 구석진 곳에 자리를 펴고
연둣빛에서 노란빛으로
소리 없이 향기를 채워가는 것 맞다.

그래, 맞다.
아직 덜 여물었다고
다시 면벽하며 우두커니 앉은
향기의 경전 맞다.

못생겨서 향기 고운 것,
향기가 고와서 못생긴 것 맞다.

아무도 거들떠보지 않을 때,
떨어져 뒹구는 낮은 땅에서
못난 것끼리,
맞다, 맞다.

검은 가지

만산에 흐드러진 꽃그늘,
연한 신록이 아름다운 것은
검은 땅
검은 숲
검은 나무
때문이리.

흰 매화 천 송이,
흰 벚꽃 만 송이,
검은 가지 아니면
어찌, 만발할 수 있으리.

거친 노동,
얽힌 뿌리,
못난 얼굴 아니면
꽃잎들 어찌,
그토록 못 견디게
흩날릴 수 있으리.

우주의 전화

논에 물을 대고 나니, 달밤
달빛이 논물에 비치는데
문득 개구리들이 한 마을 이루었다.

개굴개굴개굴개굴 개굴개굴개굴개굴

저 참을성 없는 살아 있음.
살아 있다고 살아 있어야 한다고
다투어 증명해내고 있다.

아이들 핸드폰 소리, 엠피스리
음악 내려 받은 전자음 찌르듯이
인간이 만든 소리는 고막을 건드리는데
논에 물을 대어 찰방하게 가두어놓으니
저 우주 신호음
벅차게 울어댄다.

— 어서 전화 받아라.

아픈 거야

벌레 먹어 병든 자귀나무
끙끙 앓는다.
빠진 머리카락이 흩어지고,
진이 떨어져 끈적이는데,
나무의 땀인지 눈물인지
나무 아래 벤치며
키 작은 나무와 풀꽃들이 젖었다.
아프다고 나 지금 아프다고
말 못 하는 자귀나무의
검은 신음 소리다.

너도 아프니까
유리 조각처럼 부서진다.
아파도 울 수 없으니까 너는 깨어진다.
유리창을 몽둥이로 내리치며
슬픈 진액을 떨어뜨린다.
너의 욕설은 너의 통증

너의 폭력은 너의 병증
네가 나쁜 게 아냐,
아픈 거야.
검은 진액을 흘리는 자귀나무처럼
많이 아파서 너도 모르게
너를 부수고 싶었던 거야.

박새와 거울

학교 현관문 옆에 붙여둔 큰 거울엔
세상과 자연과 사람이 다 담겨 있다.
늙은 팽나무가 그늘을 치고
그 위로 파란 하늘과 느린 구름이 있다.
아래엔 깨끗하게 손질한 운동장이 펼쳐 있고
아침부터 밤까지 아이들이 드나든다.

언제부턴가 박새 한 마리 그 세계를 발견하고는
새벽녘 사람 뜸할 즈음이면
그 속에 자꾸만 들어가려고 한다.
거울 속에 들어가려고
바닥에 내려앉아 보고 있다가 풀쩍 뛰어
거울 아래쪽을 부리로 딱딱 부딪는 박새.

하루에도 여러 차례 틈만 나면
또 한 마리 박새를 만나
거울 안 둥지를 넘보는 박새

번번이 거울로 들어가지 못해
똥만 싸고 산수유나무 위로 날아가지만
박새는 영 그만두지 않을 모양이다.

만나고 싶어 하는 거울 너머 새가
결국 자기 자신인 줄 모르는
나, 박새 한 마리.

물길

물은 물길을 두려워하지 않아야 물이 된다.

머물러 있으면 물이 아닌 것.
내어주는 가파른 길도 단숨에
흐르지 않으면 물이 아닌 것.
먼 계곡을 타고 내려와
거친 바윗길에 가차 없이 깨어지고
구불구불 아홉 굽이 굽이굽이 흐르다가
물길마저 부수지 않으면 물이 아닌 것.
낭떠러지 절벽을 만나도
뛰어내려야 폭포가 되는 것.
마침내 깊고 넓은 물길에 담겨
천 개의 강마다 달빛 잠겨들 때
물은 물이 된다.
물의 물이 된다.
두려워하지 않아야 비로소.

내 몸 속에 흐르는 물은.

밭벼

논배미도 만들지 않고 동네 할머니 시골 학교 뒷문 앞 노는 밭에 밭벼를 심었습니다. 파란 모가 건강하게 발을 뻗을 즈음, 벼라 하면 오직 논에서 물 대어 모심고 기르는 줄만 아는 아이들에게 농업 선생님은 수업 시간에 밭벼를 가르칩니다. 어쩌다 한 번 할머니가 밭을 매어 잡초를 뽑는 일 말고 별로 손이 가지 않아 절로 한가로운 밭벼가 여름내 무심히 익어갑니다.

피도 나락도 다 고개를 숙여 근본을 돌아보는 가을, 밭벼들 사이로 걸어가면 슴슴하고 훈훈한 벼 향기와 동네 할머니 같은 흙냄새에 온몸이 근질근질해집니다. 저와 내가 다르지 않는 묘한 교류가 전류처럼 흐릅니다. 바쁜 콤바인은 논벼를 먼저 걷고, 보름이 가까운 밤하늘 달 높은 때에 늦은 추수를 하였습니다. 막 누운 밭벼들은 신선하고 비린 벼 향내를 뿜고 있었습니다. 그 내음이 하도 싱그러워, 흠흠흠 아, 흠흠흠 아, 흐르는 가을밤 공기 두 팔 벌려 몸속으로 빨아들였습니다. 한 해를 살다 간 향긋한 영혼들이 스며들어 왔습니다. 삼삼오오 짝을 지어 다니는 아이들처럼 맥없이 그냥 마음이 좋았습니다.

위대한 비

가물어 수도꼭지에
호스 꽂아 물을 뿌리네.
내가 심은 식물들 몸을 흔드는데,
호스로 나오는 물줄기는 아무리 애를 써도
겨우 밭뙈기 하나 적실 뿐이네.

비가 내리네.
저 가늠하기 어려운 산속 깊은 곳,
너르게 펼쳐진 들판,
나무도 풀도 담장도 적시고,
그윽하게 숨겨둔 옛 마음과
가슴속에 피어 있는 꽃마저도
온전히, 온전히 적시네.

교실에서 수업하다가
창밖으로 열심히 내리는 비를 보며
아이들을 가르치는 것이

그저 호스 하나 붙잡고
텃밭에 물 뿌리는 것 같았네.

비를 보며,
세상을 한꺼번에 적시는
저 위대한 비를 보며
나는 언제 저 비처럼
아이들 속곳까지 다 적실 수 있을까.
하염없이 내리는 굵은 빗줄기를
부러워서 한참 동안 바라보았네.

노을

오늘은 저녁이 환하였습니다. 하루의 먼지를 털고 옷을 갈아입은 뒤, 글쓰기가 잘 되지 않는 수근이 보충 공부를 하기 위해 들어선 운동장에서 나는 그만 노을빛에 온통 붙잡혔습니다.

해가 서산을 넘어가다가 머뭇거리는 사이, 구름 겹겹이 빛을 머금고 있다가 금빛으로 되쏘는 노을로 운동장이 환하게 물들고, 도서관 벽이 엷은 금칠을 한 듯 흠뻑 젖었습니다.

구월이라 알속 여물어가는 나락도 금빛으로, 검은 꽁무니로 뽑아 지은 거미줄도 금빛으로, 꽃을 피우려 애쓰는 코스모스 키 큰 줄기도 금빛으로, 논두렁 무성한 콩 포기들도 금빛으로, 느티나무 잎사귀들도 금빛으로 출렁이고, 지나가는 아이들, 공부 못하는 아이들 얼굴도, 노을은 대웅전 부처님처럼 금빛 장엄을 하였습니다.

지구를 새로 만난 듯 가슴이 벅차올랐죠. 운동장 한가운데

서서, 지는 해가 자아내는 영상물을 관람하며, 세상을 온통 금빛으로 물들였다가 다시 그 빛을 거두어가는 찰나를 아쉬워하였습니다.

한동안 어스름에 싸여 있다가, 마을의 저녁, 따뜻하게 비치는 먼 불빛을 보며, 빛과 어둠이 자리 바꾸는 교실에서 수근이와 글 읽기를 하였습니다.

풀

쓸데없는 말을
더 많이 하고 살아야겠어.

땅의 주인은 풀,
그 풀을 밟으며 생각하네.
너무 딱딱해.
보톡스 맞은 얼굴처럼
세상이 너무 탱탱해.

더 많이 흔들리며 살아야겠어.
땅의 주인은 풀,
가장 많이 돋아나는
저 삶들, 사람들.

풀을 밟고 걸어가며 느끼네.
우린 너무 꼿꼿해.
더 헤프게 살아야겠어.

쓸데없이 해찰하며
여기저기 기웃대며
제발 좀, 얼렁뚱땅
살아야겠어.

시들다

가을,
무화과나무 씨알 하나
말랑말랑한 열매로 익어가기 위해
젖은 바람과
소낙비와
뭉게구름과
풀잎 이슬과
방아깨비,
오솔길과
서어나무와
뻐꾹새 소리,
장수말벌과
무당벌레와
비 그친 뒤 매미들의 숨 가쁜 울음
박태기나무 빨간 꽃이
하나도 빠짐없이 애썼다.
그래서 다 시들었다.

제4부

꿈

아내는 자꾸
시집가는 꿈을 꾼다.
또 시집가는 꿈을 꾸었어요.
자기는 나를 잡지 않고
웃고만 있었어요.
나는 너무 무서워 울다가 깼지요.
그런 개꿈을, 하고 나는 웃는다.
꿈속에서처럼 나는 웃는다.
나를 두고 시집가는 아내는 울고
시집가는 아내를 보고 나는 웃고
팔자 고치는 아내는 울고
홀로 남겨진 나는 웃고.

가자

가자, 나를 기다리는 사람에게로
선풍기도 끄고 전등도 끄고
컴퓨터도, 컴퓨터를 지켜보던 눈빛도 끄고
하루 종일 벽에 기대어 말없이 기다리는
내 착한 가방을 어깨에 메고
가자, 나를 기다리는 사람에게로
책장을 덮고, 서랍을 닫고, 수첩을 두고
급하게 이리저리 메모한 마음도 접고
신문 활자들의 밤하늘을 정리하고
잡지들이 수런거리는 별들의 창문을 닫고
가자, 나를 기다리는 사람에게로
슬리퍼를 벗고, 구두를 갈아 신고
내 몸을 싣느라 생애의 무게만큼
가라앉아 있는 의자를 쉬게 하고
머리와 가슴, 허리와 뒤꿈치에
연결되었던 전원을 뽑고
마침내 롤스크린도 풀어 내리고

가자, 나를 기다리는 사람에게로
가자, 나를 기다리는 사람,
심장 소리만 들려줄 사람에게로
나는 가자.

싸락눈 오는 밤

58년 개띠 서정홍 시인과
머리를 깎지 않는 자연 농부 정상평 씨와
메주와 된장 공장 콩살림 김성환 씨가
합천군 적중면 두방 마을 귀틀집에 놀러 온 날
싸락눈이 내린다.

숲속에 싸락싸락
발소리처럼 눈이 오는 밤
한 잔 두 잔 곡주를 기울이며
땅도 살리고
콩도 살리고
집도 살리자고,

안주인은 연방
무국을 내오고
마를 깎고
은행을 굽고

고구마를 쪄내고
메밀차를 끓이는데

싸락싸락 싸락눈 오는 밤
지붕에 숨소리처럼 쌓여서
깊어가는 밤
눈 오는 밤.

저녁

저녁이 되니
저벅거리는 발걸음.
어쩔 줄 모르고
하루가 지나갔는지,
저녁이 되니
저녁을 먹었는지,
공복의 저녁
저녁을 먹지 못한 저녁
해 질 녘 서녘으로 저녁은 가고
저벅저벅 걸어온
저녁의 집
희미한 불빛이
저녁을 대신하는 집
기다림마저
기다려주지 않고
빠져나간 집
먼 곳에서

막일하러 온 사람의

피부 색깔 같은

어스름 저녁의 집

양말을 벗고

저벅거리던 발을 씻으면

저녁은 기슭에 기댄

마을처럼 낮아져

쉰 목소리처럼 퍼져나간다.

저녀억, 하면서 문이 닫힌다.

밤이 어둡게 풀어진다.

미장원에서

너무 많이 깎지 마세요. 껑충해 보이죠.
옆머리는 귀 위에 바리캉을 대고 살짝.
너무 파면 머리가 역삼각형이 되거든요.
뒷머리 끝은 면도칼로 커트해주시고,
앞머리는 조금 짧게 해주세요.
길면 곱슬머리가 돼요.
반곱슬이에요. 제 머리.

이십 분 만에 나는 새로 만들어지고
미장원을 나서며 물어본다.
한생 동안 몇 번이나 머리를 깎았을까.
기르고 쌓아서 나는 만들어지고
다시 깎아서, 깎여서 만들어지고.

수염은 얼마나 깎았는지 한번 세어봐.
깎고 버린 손톱 발톱은 길이가 얼마인지.
길어지려는 나를 깎아야 해.

이 자식, 내가 그동안 싸댄 오줌은
이미 대해장강을 이루었어.
지니고 있을 수 없어.
내보내고 버리는 것이 나를 만들어.
깎고 또 깎는 게 나를 만들어.
깎아서, 끊임없이 깎여서.

미장원 삼색등이 돌고 돌아간다.

고양이 울음소리

누가 업둥이를 두고 갔나.
봄밤, 푸근한 봄밤에,
잠의 머리맡을 적시는 울음소리.
깬 것도 든 것도 아닌 잠 속에서
몽롱하고 답답하다.
꿈속에 잡히지 않는 옷자락처럼,
자꾸만 한생을 반성하라는 듯,
대문 앞에 내려놓은 업보,
업둥이 데리고 들어가서
남은 젖을 물리라는 듯.

그날 밤

아이를 영안실에 맡기고 아내와 함께 빈손으로 집에 돌아
왔을 때 사경을 헤매다 마지막 맥을 놓기까지 비어 있었던
방은 한참의 적막 속에 가라앉아 있었습니다. 방은 몹시 싸
늘했고 어설펐습니다. 아이가 피안으로 입고 갈 옷가지와 방
울 달린 모자를 챙기는데 눈물이 나왔습니다. 아이야, 아이
야, 나는 아프다는 것인지 아이를 부르는 것인지 옷과 모자
를 품에 안고 울었습니다. 죽음은 어찌하여 이토록 가까이
있는 것이냐. 가고 옴도 없다면서 너는 어디로 간 것이냐. 입
안에 슬픈 물음들이 가득 맴돌았습니다. 그날 밤, 습관처럼
켜두었던 푸른 취침등이 퍽, 소리와 함께 꺼져버렸습니다.
너도 가는구나. 이제 뒤척임과 두려움을 비추어주던 푸른 불
빛은 사라졌습니다. 그 뒤엔 감당할 수 없는 어두운 밤빛이
나를 감싸고 있었습니다. 아, 내일이면 다시 밝은 빛이 사위
에 차고 어둠은 물러날 터이지만 불현듯 왔다가 불현듯 가
버리는 이 목숨은 정말이지 불을 켜면 열렸다가 불을 끄면
닫히는 그날 밤과 같았습니다.

감물 염색

커다란 대야에 감물을 부었네.
소나기 냄새 나는 여름날
땡감들을 떨어뜨린 바람의 손길과
낙과의 아침이 함께 담기네.
광목을 하얗게 풀었지.
개어서 올려둔 생애가 한 마 두 마 젖고
치대어 또 치대어
풋감처럼 떫은 신열에
눌러놓은 심장 소리만큼 감물이 밴다네.
새로 울던 날들을 짜내었지.
눈물은 다시 고이고
비틀린 세월의 손목들을 털어내면
노랗게 물 밴 여섯 마 광목천
비밀스런 장막으로 가로 쳐져
빨래집게는 철사 줄 위로
허공에 찍힌 새 발자국처럼 걸어가네.
까치발로 감물 천을 널고 있는

아내의 겨드랑이로 꾸엉꾸엉,

구월의 꿩 소리가 적막을 알리네.

이제 햇빛이 눈부시게 놀아도 좋아.

숲속 잡목을 거쳐 온 바람이 쓰다듬고,

참았던 비에 속곳까지 젖은 뒤,

뻐꾸기 울음 한소끔 끓어오르듯 지나면,

아내에겐 구름 색감이 스며들고,

외려 한숨은 탈색되어 여백처럼 남네.

풀벌레 소리같이 가늘고 질긴 길이

휘어지네.

제적 등본

성명 李小蓮
본관 星州
본적 경남 창원군 천가면 성북리 715번지
父 이무조 母 김분악

020919-2119712
배우자 정장근 사망일 1957년 6월 27일
혼인신고일 1922년 10월 20일

제적

작은 연꽃 할머니는
1902년, 어딘가에서 왔다가
1986년, 어디론가 가고 나서
제적, 되었다.

참 작은 연꽃 할머니는
1922년, 어디서 온 정장근과 결혼하였고
1957년, 어디로 간 정장근과 헤어졌다.

할머니는 어디에서 왔다 어디로 갔을까?
정녕 연꽃같이 피어났다 졌을까?
어디서 다시 연꽃처럼 피어났을까?

제적 등본 안에 조붓이 담겨 있는
할머니의 삶이여.

한 생이 허망하고
허망하지 않다.

아버지 1

아버지는 해병대 4기. 키가 180센티 용장한 군인. 육이오 때 이발소에서 해군 지원병 모집 공고 보고는 한달음에 달려가 제주도 훈련소에 입대하셨지. 한 달간 훈련받고 전장에 배치되어 인천 상륙 작전, 압록강 전진, 도솔산 전투를 치른 한국전쟁 백전노장 아버지는 전쟁 끝나고 십 년 만에 제대하셨네.

아버지는 젊은 날에 총 들고 전쟁 치는 일밖에 배운 게 없어 제대하고 안 해본 것 없이 전전했지만 제대 후 사십 년 인생살이 적병은 술과 중풍이었지. 아버지는 더 이상 버티지 못하고 쓰러지셨네. 용감한 군인 아저씨였던 아버지는 이제 살가죽만 남아 한 묶음 굳어버린 뼈다귀로 누우셨네. 큰 키가 오그라들고 걸핏하면 허연 얼굴을 종잇장처럼 마구 허물어 비명처럼 우시는데, 엄폐물 하나 없는 산비탈에서 철모를 스치는 총알도 아랑곳없이 비에이알(BAR) 자동 소총을 들고 돌격하여 도솔산 제4목표를 점령하던 기개는 어디 갔을까.

아버지 오그라들고 헐거운 몸뚱이 위에 지나간 역사의 힘겨운 무게가 짓누르고 있네. 아버지에게 그 무게는 중풍이었고 중풍의 무게는 역사의 무게였으므로. 대신 깃털처럼 가벼운 생애의 배설물을 남기시네. 칠 년 세월 남아 있던 마지막 고통을 지고 할아버지처럼 할머니처럼, 유언도 유산도 이름도 없이, 이 땅에서 나서 이 땅을 지키고 이 땅에서 버텨보았지만 메마른 가랑잎처럼 바스러지려 하시네. 술 마시고 비틀대던 아버지, 이제 그만 가시려 하네.

아버지 2

한국전쟁 무적해병
한국전쟁 무명용사
아버지는 사진만 남긴 채
희미하게 웃고 계시네.
뼛가루만 한 줌 남겨놓은 채
조용히 웃고 계시네.

참혹한 몸을 벗고
평생의 업보를 내려놓으셨네.
총 들고 싸우던 역사와 뒤엉켜
폭탄처럼 쏟아진 폭음의 세월,
중풍으로 무너진 삶 내려두고
이젠 정말 홀가분하실까.

꿈같이 다녀가세요.
꽃 피우다 비 젖는 봄밤에
느린 낙수처럼 왔다 가세요.
세상에 무거운 것 모두 부리고

따스한 바람이 되어 스쳐 가시죠.
이 시대 무명용사 아들딸들도
훗날 사진 속 웃는 얼굴로
남아 있겠지요.

한국전쟁 무명용사
칠십 평생 무명용사
아버지.

봄날의 지구

할머니 제사는 꽃 피는 봄날에 있다.
아버지 제사는 화창한 봄날에 있다.
아이도 햇살 고운 봄날에 갔다.

봄날에 핏줄들이 떠난다.
그러면서 봄날은 간다.

또 봄이다.
나도 봄날에 갈까.
제사를 지내며
땅 풀린 봄날에,
피고 지는 봄날에.

이 봄날 할머니 제사를 내가 지내듯
지구 땅 어디에서 누군가
내 제사를 지내고 있을지 몰라.

이렇게 서로 모시며
그리워하는,
봄날의 지구
꽃이 계속 피었다 지는.

빈 들

아버지가 길게 누우셨다.
어머니가 가만히 누우셨다.
하늘이 고요히 가라앉고
바람의 성긴 체온만이 내려앉고

눈물의 고랑을 남기며
철새들이 억새처럼 쓸쓸하다.
자라는 것들과 서 있는 것들이
무릎 꿇고 스며들었다.

길은 삐걱거리는 관절을 펴고,
빗물에 젖은 머리칼을 말린다.
별빛의 반짝임만 담고서
모과나무에 걸린 구름처럼
아버지 길게 누우셨다.
어머니 나란히 누우셨다.

곶감

하동 평사리

악양 들판을 스치고 온 바람과

훈훈한 가을 햇살이

곶감 속에서

안식하고 있다.

나도,

달게

쪼그라들고 싶다.

제5부

오래된 시 1
— 가을

마을 어르신 누군가가
밤 한 줌 마루에 놓고 가셨다.
산비알에 밤나무 몇 그루 심어놓고
기역자로 접힌 몸 끌며
날마다 오르내리는
작은 할머니일까.
때로는 풋고추 한 움큼
옥수수 몇 개
가만히 놓여 있다.
집에 돌아와보면
가을 햇살 닮은 손길들이
지나가며 슬쩍 두고 간
맑은 열매들
반짝, 빛나고 있다.

이것이 가을이라고.

오래된 시 2
― 빈집

집이 홀로 늙어가고 있다.
흙벽은 깊은 주름.

마당엔 바랭이풀이
바람을 흔들고,
흑염소 한 마리
삭은 기둥을 붙들고 있다.

염소는
옅은 저녁 빛으로 울며
하루를 저물게 한다.

기억이 비어 있는 집.
우묵하게 꺼진 눈으로
물끄러미 바깥을 내다보는 집.

세월을 이전 등기하여
낡아도 허물어지지 않는 집.

민들레들 불러 모아
노란 물감처럼 찍어두고
점점이 기다리고 있는 집.
빈집.

오래된 시 3
— 천일다방

千客萬來

때 묻은 유리 액자
덩그러니 걸려 있는
천일다방.
비 오는 저녁
손님 한 사람 없다.

오토바이 타고 다니는 시골 노인들
비 오면 못 오지요.
갈탄 난로 위에서 손을 부비는 마담
색조 화장 짙은 입술로 말했다.
다방 벽 모서리에 걸린 작은 텔레비전엔
재방송 연속극이 한창이다.

물이 졸아들었는지
난로 열기에 못 이긴 주전자가
연신 김 새는 소리를 내는데,

거꾸로 매달려 먼지를 입고 있는 마른 꽃은
지난날 향기 나는 추억을 떠올리고 있을까.

합천군 적중면 소재지 좁은 거리가
겨울비에 잔뜩 젖어 저물어간다.
창을 타고 흘러내리는 건
바깥만 내다보던 빈 세월들인가.

천객만래 천일다방
비가 와서 시골 노인 한 분도 오지 않아
달콤한 커피 향도 나지 않고,
어둑한 어둠만이 소파에 깊이 앉았다.

오래된 시 4

— 태풍 매미

매미가 날아온다. 방향은 동북방.

오키나와 제주도를 거쳐 통영에 상륙,

의령 합천 대구를 지나 동해로 빠져나갔다.

매미는 수억만 마리 매미의 날개 바람을 모아서 왔다.

정전으로 깜빡거리는 방 안에 앉아

차가운 벽에 오그라든 마음 기대고

울부짖는 매미 울음소리에 고개를 파묻는다.

처마 밑을 파고들어 지붕을 걷어 가고

교통 표지판을 정처 없이 날리는데

그저 팔 벌린 나뭇잎들을 훑으며

갈기갈기 매미들은 운다. 울면서

낮은 것은 잠기게 하고,

높은 것은 꺾어놓는다.

세운 것은 무너뜨리고,

낡은 것은 뜯어 발긴다.

아, 나는 대책 없이 어디로 날아갔을까.

깨어진 기와처럼, 덜렁거리는 양철 조각처럼

내 낡고 부실한 삶은 어디로 날려가 흩어졌을까.

칠십 년 구포다리 열아홉 번째 교각 상판처럼

나는 까마득히 무너졌구나. 매미여,

둑 터진 논처럼 망연자실한 나여!

오래된 시 5
— 죽은 버즘나무를 위하여

밑둥치를 파고든 톱날에
물관부가 끊어진 버즘나무
죽어 메마른 가지만 하늘을 향해 뻗치고 있네.
한때 은밀한 욕망도 깃들고
무성한 권세도 그득했지만
허망하다. 낡은 잎사귀.

물은 더 이상 오르지 못하고
물 대신 수세미 덩굴 한 발 두 발 올라가
죽은 버즘나무 위로 노란 꽃 밝혔네.
방망이 같은 푸른 수세미 주렁주렁 매달았네.

톱날은 역사였던가.
허풍 가득 압축 성장하였다가
가을 찬바람에 누렇게 말라서
춥춥하게 떨어졌던 지난 시절의 나무여.

이제 그 목숨 줄이 끊어진 뒤
유물처럼 한자리에 붙박인 채
담담해진 몸매를 온통 보시하여
수세미건 능소화건
높은 곳으로 꽃을 터트리게 하겠네.
새 꽃의 문패가 매달리게 하겠네.

억센 손이 와서
둥치를 깎아 이정표를 새겨도
남은 몸 다 내어주며
오지 않는 봄을 마냥 기다리고 있겠네.

오래된 시 6
— 유배지

허름한 팻말 따라서
나지막한 지붕으로 이어진
골목길을 다 내려서면
첫 바다에 발목을 담그고 있는
송호 중리 해변 마을이
못 견디게 푸르다.

조가비 밟고 바작바작 걸어가다 만난 갯바위가
출렁이는 바닷바람에 더욱 검은데,
맨 바다 위로 떠다니는 가을 햇살에 눈이 부셔
나는 꼼짝도 못 하고 서 있다.

유배당하고 싶었다.
당신에게서 도망가지 못하도록
찔레와 쥐똥나무에 위리안치된
향긋하고 깊은 밤
파랗게 눈을 뜨고 누워서

먼 바다를 끌어당기고 싶었다.

하늘과 바다만큼이나
가로막힌 먼 세월로
먹구름 비바람에 떠내려가는
그곳, 낙목한천 유배지는
어디에 있을까.

유배를 못 잊어하는 사람들
햇살에게 손목 잡힌 채
조가비 하얗게 소리 내며
서성거리고 있다.

오래된 시 7
— 아직도

아직도 나는 흔들리지.
흔들리지 않으려 흔들리는
이 쓸쓸한 모순에 대하여.

별들이 이어놓은 길을 딛고
느리게 다가오는 새벽과
안개 속으로 스미는 나무들의 묵언에 대하여.

아직도 나는
하늘의 푸른 속셈을 알 수 없지.
그리하여 홀로 서성거림에 대하여
찬 서리 물고 오는 까마귀와
죽비처럼 서늘한 가을에 대하여.

나는 아직도 말하지 못하지.
절벽같이 완강한 가슴 아래
남은 빛 노을을 붉게 담아

길게 머리를 풀고 누운 저녁 강에 대하여
온전히 미워하지 않았으므로
내 몫이 아니었던 용서에 대하여
마구 웃자란 기억들과 녹슨 눈물에 대하여.

아직도 나는,
물살 없는 강가에
둥둥 떠 있는 통나무 같은
나는.

자연을 경배하는 은유자의 산책

나민애

1. '너'의 발견을 위한 자연의 시간

『너를 놓치다』는 정일관 시인이 16년 만에 선보인 시집이자 삶의 태도를 여실히 드러내고 있는, 생애 보고서적인 시집이라고 볼 수 있다. 그가 지닌 삶의 자세이자 시적인 자세를 이해하기 위해서는 우선 시집의 제목, 특히 '너'라는 말이 지닌 의미를 알아야 한다. 이 '너'야말로 시집을 독해할 열쇠이며 시인의 생과 시의 수원지이기 때문이다. 결론부터 말하자면 정일관 시인의 '너'란 한용운에게 있어서 '기룬 님'과 유사한 심급에 있는 것으로서, 우리는 '시인의 말'을 통해 그 구체적 의미를 유추해볼 수 있다.

시인은 "세월이 가면 보이지 않던 것들과 보이던 것들이 문득 자리를 바꾼다."(「시인의 말」)고 적어놓았다. 이 문장에 적힌, '보이지 않던 것들'이야말로 시인이 말하는 '너'에 해당한다. 예전에는 보이던 것들, 즉 가시적으로 중요하게 다루어져왔던 대상들로 인해 보이지 않던 것들인 '너'를 놓쳐왔다. 그러나 이제 시인은 보이던 것들을 기꺼이 놓치고자 한다. 대신에 그는 잃어버렸던 '보이지 않던 것들'을 시집을 통해 담아내고자 시도한다. 많은 이들에게 주목받지는 않았지만 보이지 않던 것들이야말로 시인에게는 가장 소중하다. 그것은 살아 있는 것이며 살게 하는 것이기도 하다. 시인의 말을 빌리자면, 보이지 않던 것들이야말로 "내 심장 뛰게 하는 것들, 살아 있는 것들"이다.

이것은 지적인 세계에 속한 것이 아니라 자연적이며 생래적인 세계에 속한 것들이다. 그것들은 원래부터 있었으며 지금까지 있어온 것이기도 하다. 자연적 대상들은 애초부터 시인의 근원과 터전에 이미 깃들어 있었으나 속세의 가치관으로 인해 그 중요성을 인정받지 못해왔다. 존재하는 모든 것이 세계관의 일부로 받아들여지는 것은 아니다. 사람이 인지하고 가치를 두어야 비로소 그 대상이 한 사람의 인생 안으로 들어올 수 있는 것이다. 정일관 시인에게도 마찬가지여서 그가 진가를 알아보면서부터 자연 대상들은 비로소 새롭게 '발견'될 수 있었다. 이렇듯 자연과 생명을 중시하고 본래적 생태계의 일원으로 기꺼이 참여하고자 하는 인간의 초상을, 이 시집은 추구하고 있는 것이다.

왜 나는

혼자 있을 때 사랑이 넘쳐나는지
지는 햇살에 흔들리는 나뭇잎들이
말해주지 않는다.

왜 이렇게 혼자 산책할 때
몸매를 드러내는 오솔길 따라
그리움 깊은 그늘에 잠겨들 때에야
나에게 따뜻한 신념이 피어나는지
등을 기대어 서도 나무 등걸은
따로 말해주지 않는다.

말해다오.
나에게 길을 보여다오.
지나간 후회와 탄식의 자락들은
바람에 펄럭이는데,
만남은 어찌하여 그토록
자주 길을 잃게 하는지.
왜 헤어지고 난 뒤에야
내게 자비가 넘쳐나는지.

말해다오.
나무야, 시냇물아.
저 허공을 가르며 나는 새들아.

—「산책」 전문

폐허처럼 무너져 내리는 과거를 등 뒤로 하고 과거와 현재,

존재와 지향을 사색하는 시인의 자세가 이 시에 잘 드러나 있다. 나아가 이 작품은 보이지 않던 것들이 어떻게 해서 보이게 되었는지, 보이던 것들을 어떻게 자발적으로 폐기할 수 있었는지 시인의 전복적 방식을 보여주는 시이기도 하다. 작품 속에서 시인은 한창 회한에 젖어 길을 걷고 있다. 이 길은 걷기를 위해 존재하는 기능적인 대상이 아니다. 이는 햇살, 나무, 시내, 새 등을 점진적으로 조우하게 되는, 자연 한가운데로 들어가는 계단과 같다. 이 소로를 걸으면서 시인은 비로소 보이던 것들로 가려졌던 눈을 씻고 보이지 않던 것들을 발견하는 사색의 기회를 얻게 된다. 그러면서 생각한다. 왜 지나간 세월에는 후회와 탄식이 쌓이는 것일까. 그때 사랑과 자비로 살았더라면 좋았을 텐데, 왜 지나고 나서야 사랑과 자비가 회복되는 것인지 스스로를 반성하며 회고한다.

이때 중요한 지점은 사랑과 자비, 따뜻한 신념과 같이 소중한 가치들은 혼자 있을 때에 회복된다는 사실이다. 더 정확히 말해 혼자 있을 때라기보다 자연과 함께하는 시간을 맞이할 때 그의 내적인 덕목들이 자연스럽게 돌아온다. 이 내적인 덕목이야말로 시집 제목에서 말하는 '너'라고 말할 수 있을 것이다. 시인은 과거에 놓쳤던 것을 자연 세계의 사색을 통해 다시금 되찾을 수 있었던 것이다. 즉, 이 작품 「산책」은 예전에 보이지 않았던 것이 이제 다시 돌아왔다는 것, 그리고 그 돌아옴을 위한 시인의 방법론적인 태도가 잘 드러나고 있다.

이번 시집의 핵심은 자연에 동참과 조우를 통해 본래적 가치라는 소중한 에너지를 영혼 깊이 받아들이는 자연스러움에 있다. 이것은 인간 세계와 거리를 두어 인간성을 회복하려는 아이러니한 시적 전략이자, 간과되었던 가치관을 회복하는 일이다. 시 「산책」이 그 과정의 전반적인 양상을 드러낸다면 시 「해바라기」에서 시인의 지향성은 한 일화를 통해 더욱 구체성을 획득하게 된다.

> 황매산 농부 집에서
> 가져온 해바라기 씨.
> 단단하고 통통한 해의 마음들을
> 집 마당에 심었더니
> 키를 쭉쭉 키워 자라났다.
>
> 마치 해에게 다가가려는 듯,
> 의심 하나 하지 않고
> 거침없이 뻗어 올라간
> 저 열망의 높이들.
>
> 해바라기는 해만 쳐다보고
> 나는 해바라기만 쳐다보고,
> 내게 눈길마저 거두려는 그대에게
> 나는 물끄러미 젖어들었다.
>
> 저 가을, 해는 여전히 빛나건만
> 해바라기는 문득 목을 구부려
> 시든 눈빛으로 땅을 굽어본다.

그럴 때 해바라기는 남루하지만
씨앗의 눈물들 단단하게 박혀서
제각기 해 하나씩을 배열하고 있다.

내가 심어놓고서
정작 자라난 것은 나였다.

　　　　　　　　　　　　　　　—「해바라기」 전문

　이 시를 보면 확실하게 알게 된다. 시인이 말한 바 있던 보이지 않던 것들, 보이던 것들이란 가시성/비가시성의 구분이 아니라 사실상 자세이며 지향성이며 가치를 뜻한다는 것을 말이다. 어느 날 시인은 해바라기 씨를 얻어와 심었다고 썼다. 물론 여기서 해바라기 씨는 구체적인 사물이다. 그런데 시인은 해바라기 씨를 사물 이상의 것, 즉 "단단하고 통통한 해의 마음들"이라고 부르고 있다. 마음들이라고 하는 것은 보이지 않는 것이다. 이 보이지 않는 내적인 양상과 가치를 시인은 실제 보이는 사물을 통해 확인하고 있다. 시인의 눈앞에서 자라나고 있는 해바라기들은 실제로 보이던 것들이다. 이 보이던 것들만 보는 것이 시인이 회한하는 과거의 삶이라면, 보이던 것들을 놓고 그 안에서 보이지 않던 것들을 비로소 보는 것이 시인이 지금 추구하고 있는 삶이다. 이러한 자세를 추구하는 시편들이 이 시집에는 가득 들어 있다.
　해바라기 씨가 마음의 다른 말로 읽혔던 것처럼 시인에게 있어 해바라기 역시 일종의 꽃이 아니라 "거침없이 뻗어 올라간/저 열망의 높이들"이 된다. 시인의 눈앞에서 자라는 해바라기는 사물 해바라기임을 넘어서 하나의 가치로 새롭게 발견되고 있다. 그리고 이렇게 사물이 의미로 바뀌는 순간은 시인의 말처럼, "보이지 않던 것들과 보이던 것들이 문득 자리를 바"꾸는 순간이 된다. 보이지 않던 의미를 새로이 발견해내는 일은 시인에게 있어 매우 중요한 작업이다. 그것은 시인의 마음을 자라게 하며 시인의 내적인 영역을 확장시킨다. 나아가 그것은 시의 세계를 이루는 중요한 원동력이기도 하다. 발견된 의미를 통해 자아 스스로가 얼마나 성장할 수 있는지 시인은 매일 탄복한다. 그 의미가 자아에 스며들어 함께 변화하는 것을 일러 이 시에서는 "내가 심어놓고서/정작 자라난 것은 나였다"고 감동 어린 고백을 하고 있는 것이다.

2. 비가시적 가치관의 회복과 주체적 시각성

보이지 않는 것을 보고, 보이던 것을 보지 않는 일이란 비가시적 가치관을 회복하는 주체적 시각성과 관계되어 있다. 그리고 이는 『너를 놓치다』에서 추구하는 가장 핵심적인 시학이 된다. 보이지 않는 것을 본다는 말은 상식적으로 생각할 때 쉽게 이해되지 않는다. 그렇지만 「먼 곳」이라는 작품을 통해 우리는 이 말의 진의에 접근할 수 있다.

핸드폰이나 티브이를 볼 때
자주 먼 곳을 바라보라고 한다.
눈이 나빠지지 않으려면
가까운, 작은, 세밀한, 손바닥만 한
이 지독한 근접을 벗어나
멀리 먼 곳을 보라고 권유한다.
이 의학적 권유는 삶의 지침.
먼 곳 너머 그 너머에는
산등성이가 굽이지고
하늘 구름이 흐르고
나무와 숲의 언저리가 있다.
바람이 불어오는 들판의 끝으로 가자.
까마득히 새들은 날아가는데
가닿을 수 없는 곳으로 눈을 두어야
조리개가 균형을 잡는다는 것.
사람도 사람의 먼 곳을 봐야겠지.
가까운 것만 보면 보이지 않아
눈앞에 가려져서 그저 놓치고 사는
그 먼 곳을 보아야 제대로 보이지.
먼, 그대의 먼 곳
멀어서 가물거리는 희미한 빛이지만
멀어지고 나서야 비로소 보이는
저, 사람의 빛.

—「먼 곳」 전문

시인의 말에 의하면, 먼 곳을 보는 것은 의학적 권고이자 궁

극적으로는 '삶의 지침'이라고 하였는데, 여기서 먼 곳을 바라보기는 실제 시각성의 거리를 의미하지 않는다. 그가 바라는 먼 곳에는 들판의 끝이 있고 새들이 날아가는 까마득함이 있다. 먼 곳 보기야말로 시인이 추구하는 삶의 방식으로서 그는 이 방법으로 보이지 않던 것들의 귀환을 촉구한다.

그런데 여기서 주목해야 할 점은 그의 시가 자연시의 보편적 어법으로, 자연에 대한 찬미로 나아가지 않는다는 것이다. 이 시인은 다른 인물을 크게 등장시키지 않고 시집 전면에 걸쳐 자연물들을 시적 대상으로 삼고 있다. 그럼에도 불구하고 이 시집은 일종의 숲이라든가 정원으로 보이지 않는다. 정일관 시인의 시집은 숲보다는 사람 사는 삶에 가깝다. 시인이 자연을 두루 널리 보면서 얻으려고 했던 것은 자연을 향한 귀의가 아니다. 그는 자기 자신 사람이라는 조건에서 출발해, 자연으로 나아갔다가, 다시 사람으로 잘 돌아오기를 희구한다. 그 바람은 이 시의 말미, 즉 멀어지고 나서 사람의 빛이 더욱 잘 보인다는 구절에서 드러난다. 이 시인은 자연에 대한 합일이나 일체를 노래한다기보다 사람의 사람다운 방식에 대해 고민하고 있는 것이다.

3. 자연을 경배하는 은유자

정일관 시인의 종교는 자연이고, 그의 철학은 땅이며, 그의 애정은 식물이다. 그의 텃밭은 산이고 그의 회한은 바람이며 그의 미래는 씨앗이다. 자연에 자기 자신의 삶을 은유하고 자신의 정신에 자연을 은유하는 여러 시편을 보면 아무래도 이같은 생각을 지울 수 없다. 특히나 「깜짝 놀라게 하는」이라는 작품을 보면 자연에 대한 그의 경외감이 얼마나 자연스러운지 알수 있다.

산수유가 떨어지건
도토리나 모과가 떨어지건
깜짝 놀라지 않은 적 없다.
지붕에 떨어지건
풀숲에 떨어지건
한 번도 놀라지 않은 적 없다.
그만큼 우렁찼던 것이다.
그만큼 간절했던 것이다.
아하, 그래 그렇구나.
산수유는 떨어지는 게 아니다.
도토리도 모과도
결코 떨어지는 게 아니다.
나무가 내던지는 것이다.
가지를 힘껏 뻗어 내던지는 것이다.
그래서 나무 전체가,
나무의 일심이 뛰어내리는 것이다.
익은 시간과 가을을 품고
하늘에서 땅까지 아득한 깊이로
아주 순식간에 내리는 것이다.
산수유든 도토리든 모과든

깜짝 놀라게 하는
그들의 낙과는.

—「깜짝 놀라게 하는」 전문

이 시를 보면, 그가 앉아서 쓰지 않고 걸으면서 썼다는 것을
알게 된다. 처음에는 낙과를 본 것이 아니라 들었다. 그리고는
깜짝 놀란다. 놀란 후에는 자연의 원리를 찾아 온 신경을 모았
다. 그리고는 어떤 낙과도 하찮은 것이 없다는 사실을, 그 진실
을 발견한다. 시인은 여기서 낙과에 대한 새로운 정의를 내린
다. "나무 전체가" "익은 시간과 가을을 품고" 과실을 "힘껏 내
던지는 것"이 낙과이다. 이 정의를 통해 시인이 자연에 얼마나
가까이에 있는지, 그 가까움이 물리적인 것이 아니라 정신적이
라는 것을 눈치채게 된다.

인간을 위해 자연은 기꺼이 용도 변경될 수 있다고 생각하는
것이 근대의 기본 전제이며 진보적 발전의 기초이다. 정일관
시인의 작품은 이러한 근대적 사고에 본질적으로 반대되는 위
치에 놓여 있다. 지극히 전통적이며 자연주의적인 이 사고방식
은 오늘날에도 소수에 의해서, 그러나 지속적으로 지지되고 있
다. 실현 가능성을 따진다면 이 소수의 입장은 언제든 폐기될
위험에 놓인다. 그렇지만 오늘에도 소수의 시인은, 몇몇 문학
은, 일부의 삶은, 근대의 '보이던 것들'에 상충되는 '보이지 않
던 것들'을 지지하는 데 기꺼이 나선다. 세상의 주류가 되든 되
지 않든 간에 그 중요성을 발언하는 것 자체에 의미가 있다. 오

늘 자연을 아무도 경외하지 않는다면, 내일은 자연을 아무도 사랑하지 않을 것이므로. 오늘날 정일관 시인의 작품이 진정성 있게 읽히는 이유가 바로 여기에 있다. 그는 대세와 추세에 휩쓸리지 않고 소수의 소신을 수호하는 작품을 천천히 만들어낸다.

4. 자연, 사랑, 사람

시집 작품을 정렬할 때 시인은 묶음과 순서에 신경을 쓴다. 평론가도 선할 작품을 고르는 데 신경을 쓰는데, 맨 처음엔 가장 상징적인 작품을, 맨 나중에는 가장 마음에 드는 작품을 넣는 경우가 많다. 시집은 즐겨 읽는 것이어야 하니까, 여운은 제일 좋은 작품으로 남기는 것이다. 이 시집에서도 가장 마지막을 위해 아껴두었던 작품이 있다. 바로 시 「목련」이다.

바람이 불기 전에 그대는
아무래도 견디지 못하겠지.
애도 쓰지 않고 그만 무너져 내리겠지

봄이 왔지만 짧게, 아주 짧게
피어날 때부터 떨어질 날을 먼저 헤아리겠지.
크고 확신에 찬 꽃송이들, 흰 꽃들
고상하고 여린 손등으로 문을 열 때,
미련 없이 떨어지겠지.

구겨진 휴지같이 손아귀를 풀겠지.

이제는 힘 내지 마시길,
더 이상 아름답게 참지 마시길.

잘 가라, 누렇게 시든 이별들.
한꺼번에 허물고 떠날 때
뒤돌아볼 것 없이 가뿐하겠지.
예쁘게 보이지 않을 때
바람이 불어와도 안심하겠지.

—「목련」 전문

시집 읽기는 여행이라든가 걷기에 비유할 수 있다. 시집의
첫 장에서부터 끝장에 이르기까지 독자는 많은 것들을 경험하
고 만나게 된다. 이 시집도 그러했다. 책장 사이에서 간간히 산
과 숲의 냄새를 맡았고, 흙의 조용한 부산함도 들었고, 시인의
삶과 땀도 보았다. 그 여러 작품들 중에서도 특히 이 작품에서
는 더 오래 머무를 수밖에 없었다. 과연 이 시인이 2001년 이후
침묵한 시인이 맞는지 다시금 약력을 들춰보게끔 만들었다.

우선, 목련이 무너져 내린다든가 떨어진다든가 이런 표현은
할 수 있지만 어떻게 "애도 쓰지 않고 그만 무너져 내"린다고
말할 수 있을까 그 건강한 허무함에 놀랐다. 한껏 잘 피어 있었
고 그러다가 불행히도 지고 말았다고 생각할 수 있지만 어떻게
"이제는 힘 내지 마시길" 빌 수 있을까. 마치 오래 아프다 천천

히 저물어가는, 어머니에게 건네는 작별 인사 같다. 이 시인은 죽음이라든가 사람을 떠나보내는 경험을 깊이 새긴 것임에 틀림이 없다. 그 흔적은 마지막 부분에서도 느껴진다. "예쁘게 보이지 않을 때/바람이 불어와도 안심하겠지"라는 구절은 죽어가는 한 존재에 대한 세심한 배려와 다정한 시선이 없이는 불가능하다. 이 구절에서 그는 아마도 자신의 죽음, 자연이라는 큰 생명계의 일원으로 생겨나 조금씩 노화되고 있는 자신의 죽음까지도 생각하고 있었을 것이다. 그런데 그 이별이나 죽임이라는 것이 마냥 비극적으로만, 또는 안타깝게만 그려지는 것이 아니라 몹시 시원섭섭하고 자연스러운 일로 그려져 있다.

이 또한 자연에 스스로를 은유하고, 스스로를 자연에 은유한 결과인 것으로 보인다. 정일관 시인에게 있어 세상은 모두 스승이고 자연 모두가 벗이며 부모이다. 이 세계 안에서 항심을 지키고 사는 자의 내면은 밝고 자연스러우며 환할 것이다. 그리고 그의 시 또한 그러할 것이다.

羅民愛 | 문학평론가